Rinalda Caduff
Yvette Kolb

Kapriolen

Originalausgabe 2021

Umschlagbild:
Jürgen von Tomëi
Layout: *satz-spiegel.com* nach einer Vorlage
von Franz Goetschel
Schrift: Jürgen von Tomëi

Printed in EU
ISBN 978-3-907237-33-5

Rinalda Caduff
Yvette Kolb

Kapriolen

Miss World? Dazu hat's nicht gereicht,
Doch nehm ich das ganz lockerleicht,
Und feiere später mit n'em Schnaps,
Denn ja, ich wurde die Miss Straps!

Nein, treu sein kann ich wirklich nicht,
Das sieht auch jeder ein,
Zu schön ist einfach mein Gesicht.
Für einen ganz allein!

Ich hab´es wirklich schwer im Leben,
Denn wenn ich Halsweh hab´... ja, eben!!!

Nun reden wir nicht drum herum:
Wozu brauch ich die Heidi Klum?
Auch ohne sie, man sieht es, gell?
Bin ich ein echtes Star-Modell!

Das Dasein wäre wunderschön,
Im tiefen blauen Meer.
Nur diese Geisterfahrer –
Die machen uns das Leben schwer.

Ich steckte meinen Rüssel rein,
In einen Kübel, ganz voll Wein.
Das war vielleicht nicht ganz so schlau,
Denn jetzt bin ich - ups - total blau!

Ich wollte durch den Zaun mich zwängen,
Da blieb am Stacheldraht ich hängen.

Das Bienchen sagt:
„Summsumm,
Das ist jetzt wirklich dumm,
An diesen dicken Lippen,
Kann ich ja kaum noch nippen!
EINMAL aufspritzen hätt' genügt!",
Schimpft es, bevor's von dannen fliegt.

Wir sind vom Warten schon ganz schlapp,
Doch leider holt uns keiner ab.

Das ist doch reinste Infamie:
Ich bin ein prachtvoll Federvieh!
Von der Natur so reich beschenkt,
Doch hat ein Mensch mich tief gekränkt –
Er höhnte: „Mei! Hast Du n'en Knall?
Es ist doch noch kein Karneval!"

Wir sagen es ganz frei heraus,
Mit diesem wunderschönen Strauss
Woll'n wir die Menschen animieren,
Die Zähne öfters zu polieren.

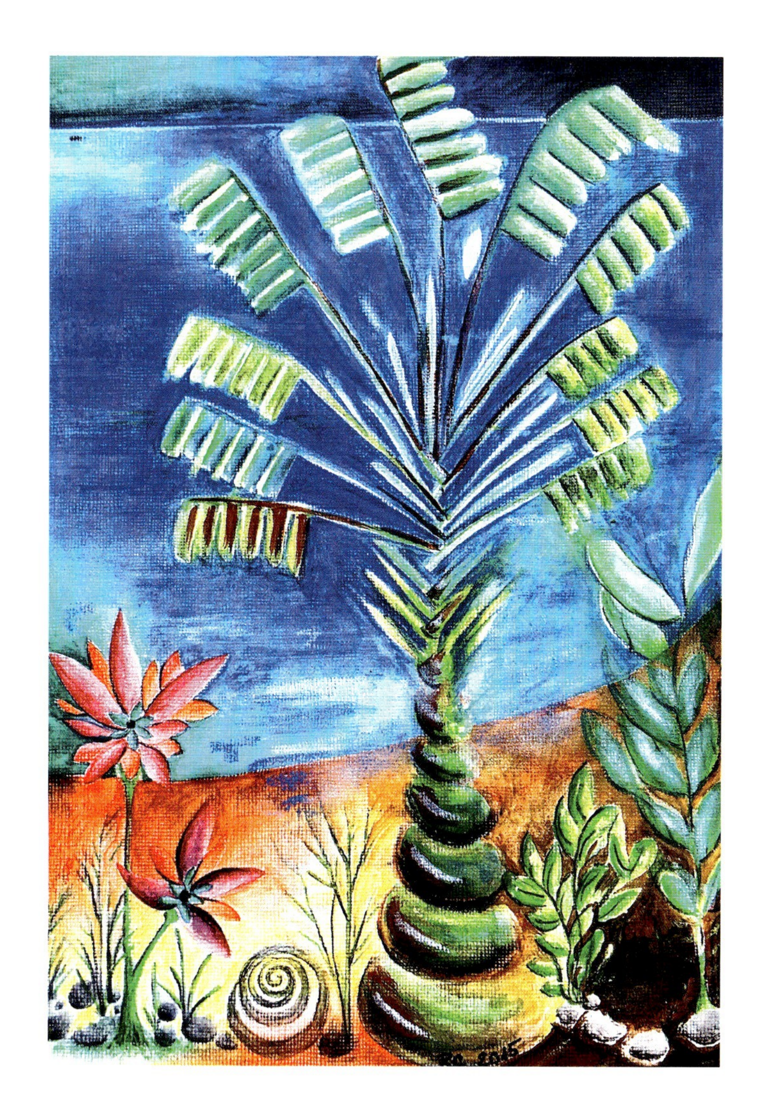

Mein Rücken tat mir immer weh,
Ich ging zum Arzt, er sprach: „O weh!
Du musst den Rücken trimmen,
Am besten gehst Du schwimmen."
Jetzt schwimm' ich hin und schwimme her,
Und sieh: Der Rücken schmerzt nicht mehr.

KOTOR 2018

Prinzessin, lass die Küsserei,
Als Frosch bin ich ganz vogelfrei,
Als Prinz sperrt man im Schloss mich ein,
Drum, bitte, lass das Küssen sein.

Sie hat gesungen und gesungen,
Und alle fanden es gelungen,
Sie aber dachte: „Oh verhext,
Ich glaub, ich sing den falschen Text!"

Ich trage jetzt den Gugelhopf,
Ganz einfach mal auf meinem Kopf,
Denn so sieht endlich jedermann,
Wie wundervoll ich backen kann.

Ach, welche Pracht
Ist diese Nacht!
Wie herrlich leuchtend bunt,
Versinkt der Mond im Meeresgrund.
Das Universum strahlt,
Als hätt' ein Maler es gemalt.

Ich wollte rennen wie ein Hase,
Da fiel ich leider auf die Nase.

Vergisst einmal ein Fahrradfahrer-
Vielleicht ein Landarzt oder Pfarrer-
Den Sturzhelm, dann steh'n jederzeit,
Vier Helme hier für ihn bereit.

Bin ich ein Mensch?
Ein Berg? Ein Stein?
Bin ich die Sonne? Aber nein!
Das ist doch alles halb so wild:
Ich bin nur ein verrücktes Bild!

Bin ich von der Maskierung frei,
Dann gehe ich als Hühnerei.

Man sieht den beiden richtig an,
Wie schön das Eheglück sein kann.

New Orleans ist sensationell,
Die Wimpern wachsen dort so schnell!

NEW ORLEANS
2011

Vor diesem Reigen
An Fantasie,
Kann man nur schweigen
Und sich verneigen.

2013

Wir gehen jetzt ganz
Ladylike,
Gemeinsam an den
Frauenstreik!

2014
RG

Der Zahnarzt gilt nicht ohne
Grund,
Als richtiger Banause,
Er sagte: „Öffnen Sie den
Mund!"
Dann ging er in die
Mittagspause!

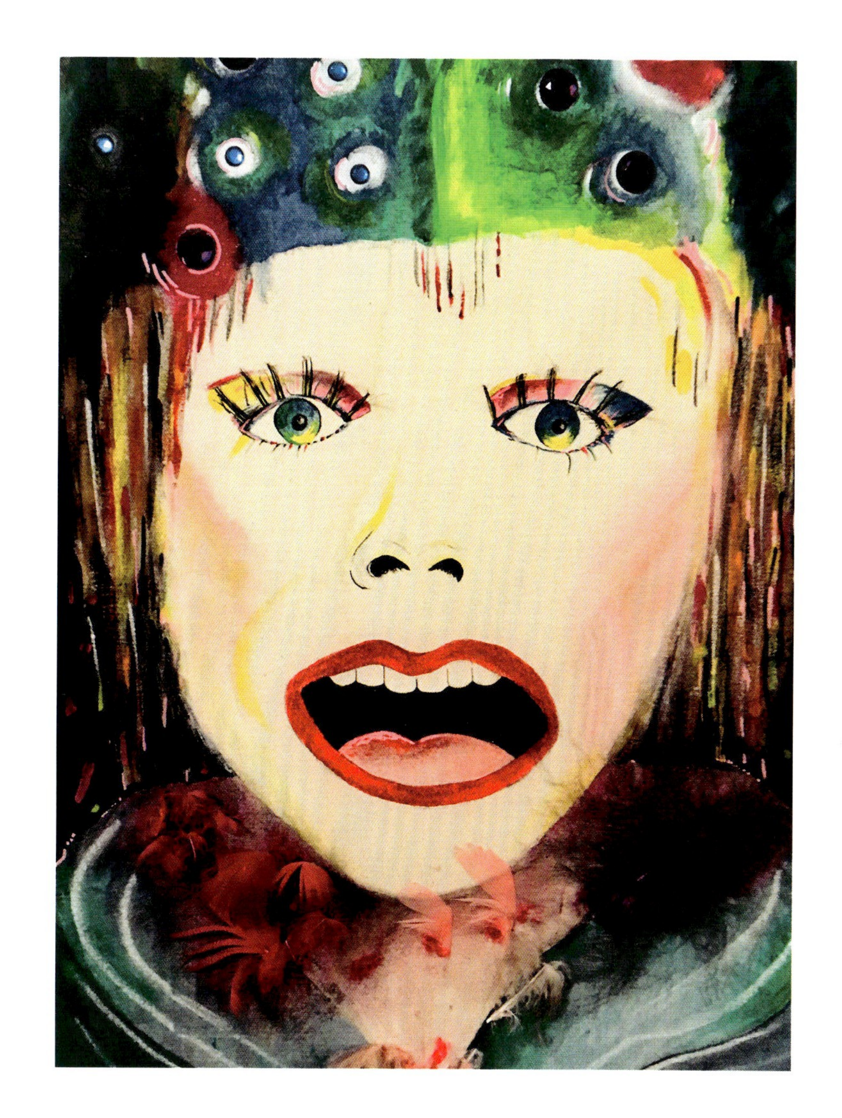

Sind wir nicht reinste
Poesie ?
Und welken ? Welken tun wir
Nie !

Gern stülpe ich Hut über
Hut,
Das steht mir einfach super
Gut.
Ich wirke nicht nur
kapriziöser,
Vor allem wirk' ich etwas
Grösser.

Ich bin bereit und wart' jetzt
Still
Auf jenen, der mich küssen
Will.

Um festzuhalten meine
Pracht,
Hab' ich ein Selfie schnell
Gemacht.

Ich tanze durch die
Bourbon-Street
Ich sing dazu das Bourbon-
Lied,
Durch eine Welt voll
Fantasie
Trägt mich die
Zaubermelodie.

BOURBON STREET
2011

Tornados gab es – wie ich
Meine –
Vor dem Klimawandel keine.

Das ist, weil ich so voll
Ekstase
Zu oft in meine Flöte blase!

Wie schön, wenn Bilder so
Berühren,
Dass sie zum Träumen uns
Verführen.

2013

Da kommt der Stalker wieder; nein!
Für Fräulein Langhals eine Pein!
Zum Glück wird sie bei Tag und Nacht
Von ihrem Bodyguard bewacht.

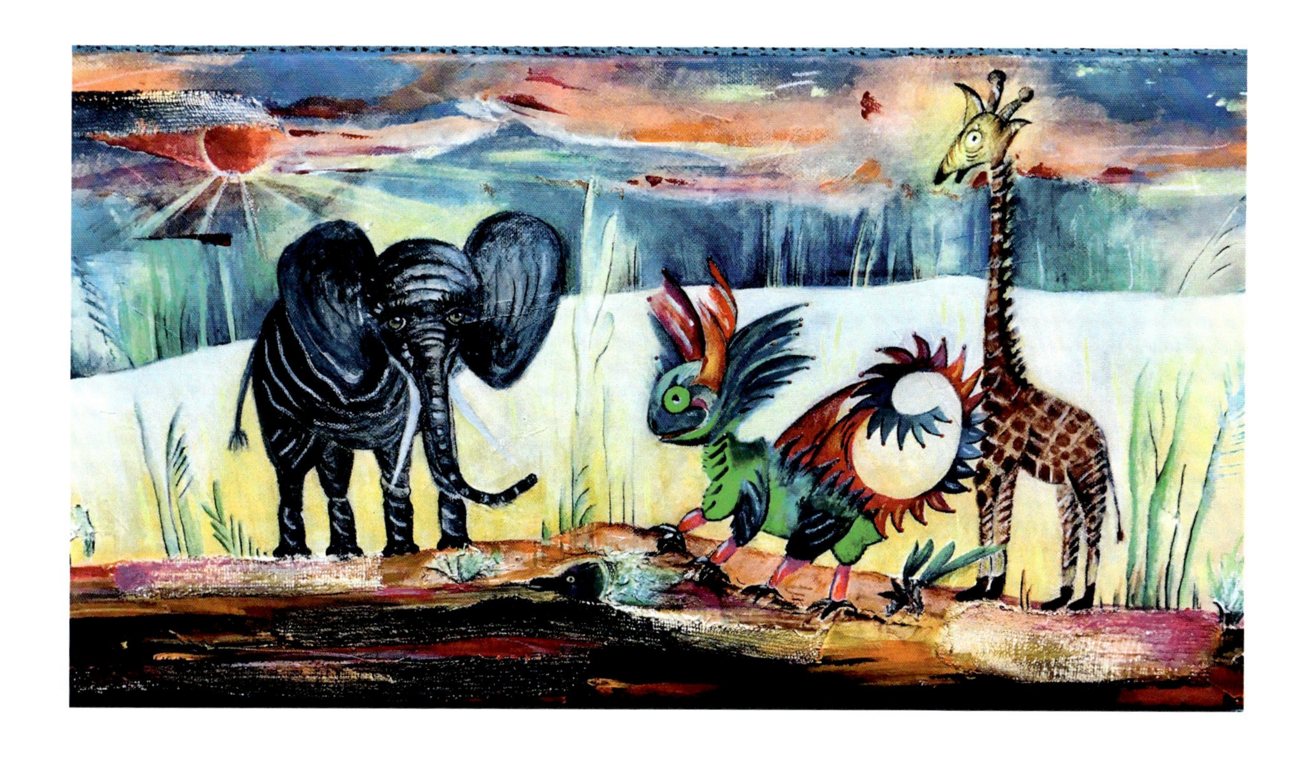

Der tägliche Schwimmunterricht,
Der ist für Fische nun mal Pflicht.

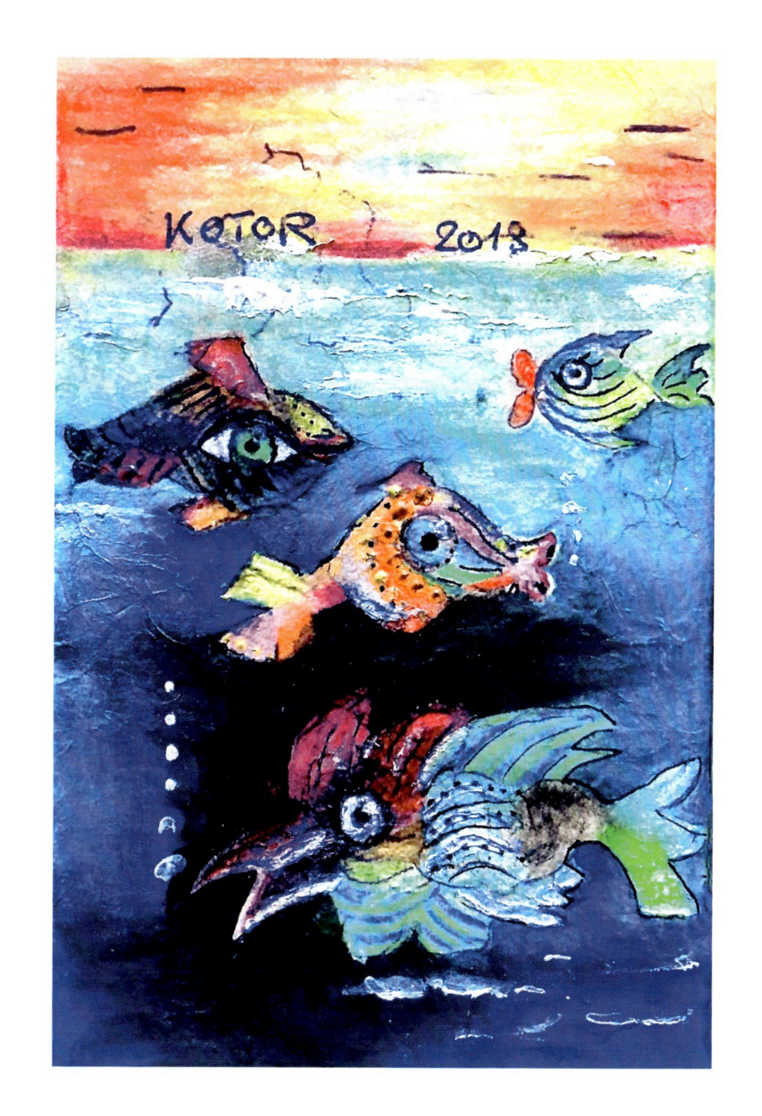
KOTOR
2018

Was sind denn das für
Kapriolen?
Man hat die Farben mir
Gestohlen!
Der Täter war bestimmt
Bekifft,
Er liess mir nur den
Lippenstift.